LA VIERGE GUERR[IÈRE]

JEANNE DE FRA[NCE]

FRAGMENT D'UN POÈME

D'ANTOINE ASTESAN

PREMIER SECRÉTAIRE, A ASTI, DU TRÈS-ILLUSTRE
DUC D'ORLÉANS ET DE MILAN,

Avec une traduction française, une notice et des notes,

PAR M. ANTOINE DE LATOUR.

ORLÉANS

H. HERLUISON, LIBRAIRE-ÉDITEUR
17, Rue Jeanne-d'Arc, 17

1874

LA VIERGE GUERRIÈRE

JEANNE DE FRANCE

Tiré à 200 exemplaires, dont 20 de format in-8°.

ORLÉANS, IMP. DE G. JACOB, CLOITRE SAINT-ÉTIENNE, 4.

LA VIERGE GUERRIÈRE

JEANNE DE FRANCE

FRAGMENT D'UN POÈME

D'ANTOINE ASTESAN

PREMIER SECRÉTAIRE, A ASTI, DU TRÈS-ILLUSTRE
DUC D'ORLÉANS ET DE MILAN,

Avec une traduction française, une notice et des notes,

PAR M. ANTOINE DE LATOUR.

ORLÉANS

H. HERLUISON, LIBRAIRE-ÉDITEUR

17, Rue Jeanne-d'Arc, 17

—

1874

ANTOINE ASTESAN

———————

L E seul poète qui ait, en français, célébré Jeanne
d'Arc de son vivant, ou du moins le seul dont les
vers soient venus jusqu'à nous, est une Vénitienne,
Christine de Pisan. C'était en 1429, car ses vers sont
datés, et Jeanne était alors à l'apogée de sa gloire.
Pour retrouver, dans le même siècle, d'autres vers
où il soit parlé, en français du moins, de la libératrice

d'Orléans, il faut aller jusqu'à Martin le Franc, en 1440, et ensuite jusqu'à Martial d'Auvergne ou de Paris, c'est-à-dire cinquante ans plus tard. Cependant, entre Martin le Franc et Christine, il y eut des poëtes latins qui chantèrent Jeanne, un entre autres qui, Italien comme Christine, dans une épître adressée à Charles d'Orléans, encore prisonnier en Angleterre, raconta l'enfance et les premiers exploits de la Pucelle. L'épître étant datée de 1435, c'est-à-dire plusieurs années après la mort de l'héroïne, on s'étonne de n'y pas voir un mot sur le procès et le bûcher de Rouen, silence d'autant plus étrange qu'il est impossible de ne pas le croire volontaire. Voici, en effet, comment le poëte termine son récit :

« Lorsque le Dieu tout-puissant eut jugé que la France avait été assez défendue des glaives ennemis par le courage de Jeanne d'Arc, il permit que les armes françaises fussent privées d'un tel secours et voulut qu'elles se contentassent d'en appeler aux forces humaines. »

Sachons nous contenter nous-mêmes de ne trouver dans les vers d'Antoine Astesan que les commencements de l'histoire de Jeanne d'Arc, et avant de dire comment il les raconte, disons qui était le poëte. Ses ouvrages n'existent qu'en manuscrit; mais il eut, en son temps, une assez grande renommée pour que Muratori lui ait donné place dans son précieux recueil et ait écrit sa biographie. A l'exemple de Berriat Saint-Prix, un des savants historiens de Jeanne d'Arc, nous allons emprunter à Muratori les dates principales de cette biographie, en y ajoutant quelques détails que M. Champollion-Figeac a recueillis çà et là dans les œuvres mêmes du poëte.

Fils de Pierre Astesan, notaire ou chancelier de l'Université de Villeneuve d'Asti, Antoine était né, dans cette ville, en 1412, l'année même où l'on s'accorde généralement à placer la naissance de l'héroïne qu'il devait chanter un jour. Sa famille paraît avoir occupé un certain rang à Asti, d'où certainement elle avait emporté le nom sous lequel ses descendants devaient être connus ; mais, vers 1339, elle avait été bannie par une faction contraire : chaque ville avait les siennes, comme on sait, dans l'Italie d'alors. Pierre, établi à Villeneuve d'Asti, envoya son fils à Turin en 1427, et en 1429 à Pavie, pour apprendre la grammaire et la rhétorique sous les doctes maîtres qui, à cette époque, y attiraient la jeunesse. Mais en 1431, la peste chassa le jeune étudiant de Pavie d'abord, puis de Gênes où plus tard il s'était réfugié. Il profita de l'occasion pour rentrer dans la ville que les siens avaient été forcés de quitter dans le siècle précédent, suivant en cela le conseil de son père, qui voulut que du moins l'un de ses enfants rallumât l'ancien foyer de la famille. Antoine, en effet, se fixa à Asti, où, à son tour, il ouvrit un cours de belles-lettres.

Ce fut, il est permis de le croire, avec un certain éclat, puisque l'on voit Charles d'Orléans, dont le père avait jadis reçu cette ville d'Asti dans la dot de Valentine de Milan, mais n'avait pu la garder, après en avoir repris possession, nommer le

poète capitaine du Mont-Raynier et son premier secrétaire à Asti. Ce titre est celui qui se lit encore en
tête du manuscrit de ses poésies, et particulièrement de l'épître qui est ici en partie publiée et tra-
duite.

Antoine ayant épousé, en 1441, la fille de
Barthélemy Carrari, chirurgien d'Asti, se trouvait
dans cette ville, lorsqu'y arriva, en 1449, le duc
Charles lui-même, revenu d'Angleterre depuis
plusieurs années ; et ce fut certainement en cette
circonstance que le poète vit ce prince pour la
première fois. Charles d'Orléans, ayant pris goût
sans doute au talent du poète, le ramena avec lui
en France en 1450, et ce dut être alors qu'Astesan lui-même connut les poésies de son auguste patron, et commença à les traduire ; mais
plusieurs des siennes datent du temps où il étudiait
à Pavie et à Gênes, et d'Asti même où il avait fini
par s'établir.

On ne sait, au juste, en quelle année mourut
Astesan ; mais comme on connaît de lui une épi-

taphe de Charles VII, il est évident qu'en 1461 il vivait encore.

Ses œuvres, qui n'ont jamais été imprimées, se trouvent réunies dans deux manuscrits dont l'un est conservé à Turin et l'autre à Grenoble, ce dernier écrit de la main même d'un frère du poëte. C'est de la bibliothèque de Grenoble que, par une singulière coïncidence, sortit, pour la première fois, au commencement de ce siècle, le charmant recueil des poésies de Charles d'Orléans, dont M. Aimé Champollion-Figeac devait donner, quarante ans plus tard, une édition nouvelle et, comme on dit aujourd'hui, définitive. Que l'on nous permette de renvoyer à l'analyse de M. Berriat–Saint-Prix (1), qui a eu entre les mains le manuscrit de Grenoble, et surtout à M. Champollion, en son beau livre des *Documents paléographiques* (2), le lecteur

(1) *Jeanne d'Arc ou coup d'œil sur les révolutions de France au temps de Charles VI et de Charles VII et surtout de la Pucelle d'Orléans*, par M. BERRIAT SAINT-PRIX. — Paris, 1817, Pillet, rue Christine, 2.

(2) *Documents paléographiques relatifs à l'his-*

qui voudrait faire plus ample connaissance avec Astesan. Nous ne voulons parler ici que du fragment de ses poésies qui concerne Jeanne d'Arc. C'est le dernier éditeur de Charles d'Orléans qui a bien voulu, à notre prière, faire copier, à Grenoble, l'épître d'Antoine Astesan, et relire lui-même la copie.

Le secrétaire de Charles d'Orléans à Asti n'a pas, il s'en faut de beaucoup, le talent de son royal maître. Ses vers ont cependant de la facilité, parfois de la grâce, et dans la traduction des poëmes du fils de Valentine de Milan, un mérite assez rare d'exactitude et même d'expression ; mais c'est tout. Le morceau qui nous occupe est, avons-nous dit, une longue épître ; elle est en vers hexamètres. La seconde moitié n'a rien de commun avec Jeanne d'Arc ; aussi nous contenterons-nous de donner ici la première, à laquelle nous joignons une traduc-

toire des beaux-arts et des belles-lettres pendant le moyen âge, par M. Aimé CHAMPOLLION-FIGEAC. — Paris, 1868, imp. de Paul Dupont.

tion française aussi littérale que possible. Le lecteur n'y trouvera guère que ce qu'il a lu bien des fois, rien surtout de rigoureusement exact. La légende s'était dès lors répandue sur l'histoire. C'était là sans doute ce que la renommée racontait déjà de Jeanne d'Arc, à Asti, d'où le poète a daté son œuvre. Mais n'est-il pas intéressant de savoir comment en Italie, et presque partout en Europe, on parlait de Jeanne d'Arc? L'Angleterre seule (où Shakespeare eût mérité cependant de faire exception) ne voulait voir qu'une sorcière dans celle qui l'avait vaincue et qu'elle avait brûlée. Partout ailleurs, et surtout en Italie, Jeanne apparaissait comme l'envoyée de Dieu. Toutefois, lorsque l'on voit Astesan, un futur familier de Charles d'Orléans, se taire sur le dénoûment du drame auguste, il est peut-être permis de se demander si, après le martyre de Jeanne, il voyait encore la vierge de Domrémy sous l'auréole des premiers jours. Ce qui, un instant, nous en a presque fait douter, c'est cette épitaphe latine qu'il fit plus tard pour Charles VII, et dans laquelle il dit comment ce prince reconquit son royaume *par le secours de Jeanne que l'on croyoit envoyée de Dieu.* Était-ce là une simple forme de style ou une manière timide de revenir sur l'ancienne croyance?

On serait aussi tenté de craindre que l'enthousiasme d'Astesan n'ait eu quelque chose d'artificiel, quand on reconnaît que cette partie de son épître est la traduction presque littérale d'une lettre écrite au duc de Milan, frère de Valentine, par le sire de Boulainvilliers. Ce fut évidemment par cette lettre, datée du 21 juin 1429, et envoyée entre la levée du siége d'Orléans et la marche sur Reims, que l'on apprit en Italie, autrement que par la renommée et d'une manière certaine, particulièrement à Pavie où Astesan se trouvait à cette époque, les premières merveilles de la mission de Jeanne d'Arc. Cette lettre courut de main en main, et le jeune étudiant dut en recevoir une impression profonde. S'occupa-t-il dès lors de la traduire, ou cette traduction ne fut-elle écrite qu'à Asti, où

nous le voyons s'établir très-peu d'années plus tard?
C'est là du moins qu'elle fut achevée, et lorsque
déjà vraisemblablement des relations avaient com-
mencé à se former entre le duc Charles d'Orléans
et Antoine Astesan. Ce qui ne paraît pas douteux,
et on doit s'en réjouir, c'est qu'Astesan ne prit pas
simplement la lettre de Parceval de Boulainvilliers
comme un thème à exercer sa muse. Plus il s'at-
tache à en conserver les moindres détails, plus il
nous semble démontré par cette servilité même que
la lettre jouissait d'une grande autorité, et partie
de cette autorité a passé de la prose du serviteur
de Charles VII dans les vers du futur secrétaire
de Charles d'Orléans. L'exactitude est poussée si
loin, que l'on retrouve dans l'épître des hémis-
tiches entiers empruntés mot pour mot à la prose
du récit primitif. Telle qu'elle est, nous préférons
de beaucoup cette traduction naïve, disons le mot,
respectueuse, de la lettre de Parceval au poème
en deux chants qu'un versificateur ingénieux de la
même époque, mais dont le nom est resté inconnu,

a écrit sur la vie de Jeanne d'Arc, en s'inspirant, nous n'en doutons pas, du même document. C'est ce poème qui est, s'il en fut jamais, une amplification prétentieuse du texte. Il est, à coup sûr, d'une latinité bien supérieure à celle d'Astesan. L'auteur devait être un professeur émérite de quelque université célèbre. Il faut voir comme il se bat agréablement les flancs pour imiter Virgile, et pour mettre en œuvre tous les procédés de la muse épique. Il faut entendre Jeanne, Baudricourt, Charles VII, parler à la façon des héros d'Homère. Mais tout ce beau travail éveille le sourire plutôt que l'émotion, et nous ne sommes pas sûr de ne point nous être sentis touchés en lisant les vers rudes, mais convaincus, d'Astesan. Ils nous ont souvent rendu l'impression de la lettre même. Cette lettre, le lecteur la trouvera dans une note. Il nous a paru juste de le faire juge lui-même de notre impression (1). Il verra, par le texte authen-

(1) Voir, à la fin, le texte de la lettre de Parceval de

2

tique de la lettre, qu'Astesan s'est contenté le plus souvent d'intervertir l'ordre de quelques détails insignifiants et de substituer, comme il était naturel, le neveu à l'oncle, dans le passage où il est dit que Jeanne avait annoncé que le prisonnier d'Azincourt serait bientôt rendu à la liberté. On a quelquefois essayé de contester sinon la prophétie elle-même (était-ce une prophétie?), au moins l'importance que Jeanne y aurait attachée. La lettre et l'épître sont une preuve de plus de ce que Jeanne avait annoncé à cet égard. Quant à la valeur historique des deux témoignages, dans leur ensemble, nous ne saurions nier que, par sa date, par la précision que la prose donne à tous les détails, comme par le lieu d'où elle est écrite et par la gravité du personnage de qui elle émane, la lettre ne doive être regardée comme un document

Boulainvilliers au duc de Milan, Philippe-Marie Visconti. Nous l'empruntons au tome V du *Procès de condamnation et de réhabilitation de Jeanne d'Arc*, le plus beau monument sans contredit élevé à la gloire de la Pucelle.

plus sérieux ; mais, poésie à part, et on a vu que nous ne surfaisons pas les vers d'Antoine Astesan, tous les mérites que nous reconnaissons à la lettre sont, à un moindre degré, ceux de l'épître même, qui n'en est qu'une reproduction transformée, et vienne d'où vienne, lorsqu'il se rencontre sur Jeanne d'Arc des vers datés de 1435, le devoir de l'histoire n'est-il pas de les recueillir avec respect ?

Antoine de LATOUR.

AD ILLUSTRISSIMUM PRINCIPEM
ET EXCELLENTISSIMUM DOMINUM KAROLUM
AURELIANENSIUM DUCEM, ETC.,

DE

JOHANNA GALLICA VIRGINE BELLICA

Nata erat agresti cuidam paupercula virgo,
Quam virtute sua Deus immortalis amabat,
Ut primo ipsius sat demonstrarat ab ortu ;
Namque illa qua nocte Magis apparuit astrum,
Quod perduxit eos ad Sacra Virgine natum,
Egressa in lucem fuerat genitricis ab alvo.
Finibus extremis Francorum rure propinquo,
Ambo ipsius erant justique piique parentes.
Illa nocte autem visa hæc miranda fuerant :
Magna etenim cunctos illius ruris alumnos
Lætitia invasit, licet ejus origine nondum
Nota ; quin immo cupientes noscere causam
Lætitiæ, toto currebant undique rure.

AU TRÈS-ILLUSTRE PRINCE
ET TRÈS-EXCELLENT SEIGNEUR CHARLES
DUC D'ORLÉANS

SUR LA

VIERGE GUERRIÈRE JEANNE DE FRANCE

Il était né à un villageois une pauvre petite fille que
le Dieu immortel chérit pour sa vertu, comme il l'avait
bien montré dès sa naissance ; car dans cette même
nuit, où aux Mages apparut l'étoile qui les guida vers
l'Enfant né de la Vierge Sainte, elle était sortie du
sein de sa mère. Ses pieux et bons parents habitaient
un village voisin des extrêmes frontières de la France.
Or, pendant cette nuit, se manifestèrent les prodiges
que nous allons dire : une grande joie s'empara de
tous les habitants du lieu, bien que la naissance de
l'enfant ne fût encore connue de personne ; tous, en
effet, impatients de découvrir la cause de cette joie,
se ruaient de toutes parts dans le village, cependant que les coqs, pour préluder au joyeux événe-

Galli præterea, veluti præsagia dantes
Lætitiæ, præter solitum, cecinere per horas
Continuo binas, monstrantes gaudia gestis.

    Hic infans alitur, sacroque a fonte Johanna
Nomen habere datur ; quæ cum pervenit ad annos
Septenos, ovium custos a paupere patre
Efficitur, quas tam bene custodivit in omne
Tempus ut illæsas semper servaverit omnes,
Dumque casam patris coluit, (mirabile dictu!)
Nec fera, nec latro, nec fur sibi quivit obesse,
Totaque continua usa est pace quieta.

    At postquam virgo bissenos attigit annos,
Dum semel ipsa greges in opimo pasceret agro,
Ecce ad se gaudens comitum venit una suarum,
Invitatque illam rapido contendere cursu
Cum reliquis, cursus victrici in præmia ponens
Serta rosis, nec non vario redolentia flore.
Conveniunt et mox per prata virentia currunt,
Inque ipso cursu, virgo hæc est visa moveri
Tam celeri motu, comitum exclamarit ut una :
« Te video terram minime calcare, Johanna,
Imo sed auferri celeri super aera lapsu. »
Cum vero prati finem defessa puella
Attigit, atque sibi spirandi copia cessa est,
Attonita irrigua paulum requievit in herba.
Tunc est visus ei juvenis sic dicere quidam :
« Surge et vade domum quia te vocat optima mater. »
Illa suo sese credens a fratre vocatam,

ment, chantèrent, contre leur coutume, durant deux heures entières, témoignant par le battement de leurs ailes de l'allégresse commune. (*Note* I.)

C'est là que l'enfant fut élevée et reçut, à la source sacrée, le nom de Jeanne. Lorsqu'elle fut parvenue à l'âge de sept ans, son père qui était pauvre la fit gardienne de ses brebis. Elle les garda si bien, qu'elle réussit constamment à les préserver de toute atteinte jusqu'à la dernière; et (chose admirable !) tant qu'elle vécut dans la maison de son père, ni une bête fauve, ni un bandit, ni un voleur ne cherchèrent à lui nuire, et la chaumière ne cessa de jouir d'une paix parfaite.

Mais, après que la jeune fille eut atteint l'âge de douze ans, un jour qu'elle faisait paître son troupeau dans une grasse prairie, voici qu'une de ses compagnes accourt, joyeuse, à elle, et l'invite à venir disputer avec les autres le prix de la course : la première arrivée recevra une guirlande de roses entrelacées d'autres fleurs odorantes. On se rassemble, et les voilà qui s'élancent sur le pré verdoyant. Pendant la course, la jeune fille semblait s'enlever d'un essor si rapide qu'une de ses compagnes s'écria : — « O Jeanne, je te vois effleurer à peine la terre de tes pieds, ou plutôt glisser dans l'air, au-dessus du sol, d'un mouvement insensible. » Mais lorsque la jeune fille arriva fatiguée au bout de la prairie, et qu'il lui fut permis de respirer, hors d'elle-même, elle se laissa tomber sur l'herbe fraîche, pour prendre un peu de repos. Alors elle crut entendre un jeune homme lui dire : — « Lève-toi et retourne au logis, où ta mère chérie te demande. » Elle, croyant que c'était son frère qui l'ap-

Vicinove aliquo jussu genitricis ad ipsam
Ibat; verum illi sua sit mox obvia mater
Irata et quærit cur deseruisset ovile,
Verbera sæva minans. Virgo insons talia matri
Verba refert : — « Non me, genetrix veneranda, vocari
Jussisti? » Illa negat. Tunc sic elusa Johanna,
Ad comites raptim sese conferre parabat,
Cui mox objicitur oculis perlucida nubes,
Ac de nube suas hæc vox pervenit ad aures.
— « O virtute tua superum gratissima regi,
Virgo Johanna, opus est aliam te ducere vitam,
Et facere egregios armorum viribus actus.
Te Deus elegit Gallorum ad commoda regni,
Utque favore tuo veteri solvatur ab hoste
Karolus, atque suo reddatur denique regno.
Surge, age, et ad regem Gallorum dirige gressus;
Ac monitum facies hunc : ut tibi pareat uni,
Ut tibi cuncta suæ committat prælia gentis,
Si cupit obsessas infestis hostibus urbes
Servare, et proprii fines defendere regni.
Sic jubet Omnipotens ; nec talia facta subire
Formida, quamvis non olim gesseris arma.
Te Deus in bello quid sis factura docebit,
Inque aliis rebus nullo te tempore linquens. »
Dixerat, et mox in tenues evanuit auras.
   At tenera hoc tanto virgo perterrita visu,
Quid faciat nescit; dubitat ne visio vana
Illa sit, et varias volvit sub pectore curas,

pelait, ou quelque voisin envoyé par sa mère, allait
vers celle-ci ; mais voici que bientôt elle la rencontre
elle-même en chemin, qui lui demande, irritée et
menaçant de la châtier sévèrement (*Note* II), pourquoi
elle a quitté le troupeau. Innocente de ce dont elle est
accusée, la jeune fille répond à sa mère : — « Est-ce
que vous ne m'avez pas fait appeler, ô mère vénérée ? »
Celle-ci nie. Voyant qu'on l'avait abusée, Jeanne se
préparait à retourner vers ses compagnes, lorsqu'une
brillante nuée se présente à ses yeux, et que de cette
nuée sort une voix qui frappe ainsi ses oreilles :

— « O Jeanne, qui par ta vertu es devenue si chère
au Roi du ciel, il te faut mener une nouvelle vie et
façonner tes membres au noble exercice des armes.
Dieu te choisit pour le grand bien du pays de France,
et afin que par ton secours Charles soit affranchi de
son vieil ennemi, et enfin rétabli dans son antique
royaume. Lève-toi, et dirige tes pas vers le roi de
France, et avertis-le : qu'il doit n'obéir qu'à toi et te
remettre tout le soin des batailles que son armée livrera
désormais, s'il veut délivrer ses villes de l'ennemi re-
doutable qui les assiège et défendre les frontières du
royaume de ses pères. Ainsi l'ordonne le Tout-Puissant ; et ne crains pas d'affronter de tels actes, quoique
tu n'aies jamais porté les armes. Dieu t'enseignera
comment tu devras agir dans la guerre, et dans les
autres choses, il ne te délaissera en aucun temps. »

La voix dit, et en achevant, elle s'évanouit dans les
airs. Cependant la jeune vierge, épouvantée d'une telle
vision, ne sait ce qu'elle doit faire. Elle se demande si
ce n'est pas là une vision vaine, et le cœur agité de soucis

Instituit que hujus servare silentia facti.

Ast illam crebro noctuque dieque fatigant

Visa eadem, reticetque tamen propre quinque per annos.

   Oppressis tandem majori pondere belli

Gallis, ipsa magis solito sibi visa videntur,

Dumque semel quodam contemplaretur in agro

Desuper hæc, ejus talis vox venit ad aures :

— « Quid tardas, virgo? cur temnis grandia sumni

Jussa Dei? Cur non properas parere tonanti?

Dum tardas, hominum cædes fit magna bonorum ;

Inclytus in tenues sanguis diffunditur auras,

Cunctaque Gallorum vastantur marte feroci

Oppida ; festines igitur, si numina cœli

Diligis ac regis Gallorum, virgo, salutem. »

   Talibus auditis, hæc secum virgo volutat :

— « Quid faciam? Quonamve modo proficiscar ad ipsum

Gallorum regem? Cum nec gens cognita, nec rex

Sit mihi ; quin etiam non est via nota puellæ.

Adde quod illudar, nec nostris credere verbis

Rex poterit, comites ve sui ; quid crederet unquam,

Illum cui parent cœli terræque salutem

Gallorum teneræ commendavisse puellæ?

Quid magis est visu dignum quam veste virili

Vestiri nympham? nec non et fortia ferre

Arma, et in hostiles audacem currere turmas,

Ducereque ex victo, si fors ferat, hoste triumphum? »

divers, elle prend le parti de garder le silence sur cet événement. Mais les mêmes visions tourmentent incessamment ses jours et ses nuits, et cependant elle se tait pendant près de cinq années.

Cependant le fardeau de la guerre pesant chaque jour davantage sur les Français, elle-même se sent plus que de coutume assiégée par ses visions, jusqu'à ce qu'un jour, pendant que, dans un champ solitaire, elle rêve sur ce sujet, la même voix vient frapper ses oreilles : — « Que tardes-tu, ô vierge ? Pourquoi méprises-tu les ordres impérieux du Dieu tout-puissant ? Que ne te hâtes-tu d'obéir à celui qui porte la foudre ? Pendant que tu hésites, il se fait un grand carnage des gens de bien, un sang illustre s'évapore dans les airs, et toutes les villes de France sont la proie d'un ennemi féroce. Hâte-toi donc, ô vierge, si tu chéris le Dieu qui règne dans le ciel et si tu as à cœur le salut du roi de la France. »

A ces paroles, la vierge agite en elle-même ces résolutions : — « Que ferai-je ? et comment partir pour aller auprès du roi de France ? Je ne connais personne ; le roi lui-même m'est inconnu. Je ne sache pas de chemin ouvert aux pas d'une jeune fille. D'ailleurs, on se rira de moi. Le roi et ses gentilshommes ne pourront ajouter foi à mes paroles. Qui croira jamais que celui à qui obéissent les cieux et la terre a confié le salut de la France à une pauvre fille ? Quoi de plus digne de risée que de voir une fille prendre des habits d'homme, se couvrir d'armes pesantes, se jeter audacieusement au milieu des rangs ennemis, et s'il plaît à la fortune, s'en revenir triomphante d'un ennemi vaincu ? »

Hæc et multa suo versanti pectore tandem
Vox datur a cœlo : — « Sic vult Deus ipse, Johanna.
Ne quære ulterius, sed fac cœlestia jussa.
Quæ quo commodius facias, urbem pete quæ nunc
Sola fidem regi Campano servat in agro,
Rebus in adversis ; custos illius ad ipsum
Te ducet regem, nullo impediente, tuumque
Reddet iter tutum, superum cedente favore.

    Vincitur audita tam clara voce Johanna,
Et sua jussa facit, quam custos ipse libenter,
Aut quod vir clemens atque humanissimus, aut quod
Præmonitus jussu divini numinis esset,
Accipiens, audit miracula plurima, et illam
Ad regem, pulchra sese comitante caterva,
Ducit, iter tendens medios indemnis in hostes.

    Illius adventum rex senserat, atque suorum
Consilio procerum minime decreverat illam
Audire ante dies tres dum venisset ad ipsum.
At simul ac venit, corda immutantur eorum,
Et mox ad regis conspectum arcessitur ipsa,
Perque viros doctos fidei in gravitate probatur.
Post hæc rex prudens astute fungitur ejus
Colloquio, ut melius nympham dignoscere possit.
Mox per nonnullas mulieres quærit honestas,
Ipsius mores agnoscere virginis omnes.
Omnibus in rebus virgo reperitur honesta,
Atque in mandatis fidei doctissima sacris.

Pendant qu'elle roule ces choses et bien d'autres dans sa pensée, la voix du ciel se fait entendre de nouveau : — « Jeanne, c'est Dieu lui-même qui le veut; n'hésite pas davantage, et accomplis les ordres divins. Pour t'en acquitter plus aisément, rends-toi à la ville qui, seule au pays de Champagne, a, dans ces désastres, gardé fidélité au roi. Le gouverneur de cette ville te mènera lui-même au roi (*Note* III), sans que nul l'en empêche, et avec l'aide du ciel ouvrira une route sûre à tes pas. »

Jeanne se laisse vaincre par cette voix irrésistible et obéit aux ordres qu'elle a reçus. Le gouverneur lui-même l'accueille avec bonne grâce, soit parce qu'il était un homme bon et bienveillant, soit qu'il eût été lui-même préparé par un avertissement céleste. Il écoute les nombreux prodiges qu'elle lui raconte, et il la guide vers le roi, à la tête d'une brillante escorte, en se frayant à travers les ennemis un chemin où nul n'ose l'arrêter.

Le roi avait appris qu'elle venait; il avait décidé, de l'avis de ses conseillers, qu'il ne l'entendrait que trois jours après qu'elle serait arrivée. Mais dès qu'elle paraît, les cœurs sont changés, et bientôt on demande qu'elle soit amenée en présence du roi. De doctes personnages éprouvent sa fermeté dans la foi. Ensuite, pour mieux pénétrer la jeune fille, le prudent monarque épuise toute sa finesse dans un entretien avec elle, et par l'entremise de quelques sages matrones, il cherche à s'enquérir à fond de ses mœurs. La jeune fille est trouvée honnête en toutes choses et merveilleusement instruite dans les saints commandements de la foi.

Nec contentus eo, sex quadraginta diebus,
Illam servari mulieres inter honestas
Præcipit, interseque suos persæpe probari
Mores atque fidem jubet, ut discernere possit
An levitate ulla cœpto moveatur ab ipso.
Illa autem nulla penitus levitate movetur,
Sed semper rebus sacris intenta, perorat
Regem, ut permittat vel se concurrere in hostes,
Vel patris remeare domum. Rex talibus ergo
Motus eam obsessæ succurrere præcipit urbi
Aurelianensi. Sic hæc præfecta quibusdam
Militibus, subito longa obsidione gravatam
Aurelianensem servavit ab hostibus urbem,
Quamvis cum paucis pugnaret millibus ipsa,
Quamvis cum multis pugnarent millibus hostes.
Qua pugna multi cœsi, multique fugati
Hostes; innumeri sunt capti a virgine sancta.

    Jamne vides quantum te, clementissime Princeps,
Diligat ipse Deus? Qui tanto tempore passus
Gallorum tantas everti funditus urbes,
Nec tamen auxilium Gallis his præbuit istud,
Obsessam donec tam multis hostibus urbem
Ipse tuam vidit, quæ ni sua dextera ferret
Auxilium, tantis caperetur ab hostibus; ergo
Auxiliatricem misit tibi, credo, puellam.
Præcipue quoniam divino concita motu,
Multa futura canens, te longo a carcere dixit
Solvendum, miro superum præstante favore,

Non content encore, le roi veut que, pendant quarante jours, elle soit gardée entre de pieuses femmes, et que pendant ce temps ses mœurs et sa foi soient mises à une continuelle épreuve, pour voir si quelque pensée nouvelle pourra la détourner de son dessein; mais rien ne l'en détourne, et toujours, au contraire, plus attentive à sa sainte mission, elle adjure le roi de lui permettre de courir sus aux ennemis ou de retourner au logis de son père. Le roi, touché de ces prières, lui commande d'aller secourir la ville d'Orléans assiégée. Aussitôt, à la tête de quelques soldats, elle arrache à l'ennemi Orléans accablé par un long siége, quoiqu'elle n'ait pour combattre que quelques milliers d'hommes, quoique l'ennemi combatte avec de nombreux milliers de soldats. Dans la lutte beaucoup des leurs sont tués, beaucoup sont mis en fuite, un grand nombre restent prisonniers de la vierge sainte.

Ne vois-tu pas, ô le plus clément des princes, combien Dieu te chérit? Longtemps il a vu bien des villes en France renversées de fond en comble, et il n'a pas envoyé aux Français un pareil secours, qu'il n'ait vu ta ville assiégée par cette multitude d'ennemis, et menacée de tomber en leur pouvoir, si sa droite ne lui eût prêté son appui. C'est donc à toi, j'en suis persuadé, qu'il a envoyé la vierge libératrice (*Note* IV), surtout parce que, animée d'une inspiration divine qui lui révélait tant de choses futures, elle a dit que l'insigne faveur du ciel te délivrerait de ta longue captivité; voulant que l'ennemi en fût par elle averti à l'avance, pour que sa témérité ne cherchât pas à faire obstacle

Admonito tamen hoste prius sic numina summi
Velle Dei, ne forte suo temerarius obstet
Arbitrio, quem jus nullum affirmavit habere
Gallorum in regno ; causaque hac numina cœli
se misisse, ut eum depellere posset abinde.

   Hoc facto, regem Gallorum virgo petivit,
Qui læto vultu venientem excepit, eidem
Obvius incedens et eam considere secum
Tempore nonnullo jussit vehementer, honorans,
Omnibus in rebus, sanctæ instar virginis illam.

   At virgo assidue regem obsecrabat ut ipsam
Mitteret ad reliquos totis cum viribus hostes
Vincendos, tandemque dato sibi milite toto,
Raptim ex amissis quædam capit oppida, quædam
Aggreditur pugna ; quibus ut succurrere possent,
Hostes armato concurrunt milite cuncti,
Quos debellat item bello metuenda virago,
Atque duces magnosque viros cæditque fugatque,
Permultosque capit, fortuna et denique tanta
Fungitur ut nullo possim comprendere versu.
Posthæc assidue divino numine ducta,
Innumeras parvo servavit tempore terras.
Denique dimovit tam magna pericula Gallis,
Tantumque auxilium pugnando contulit ipsis,
Ut Galli solam sibi contribuisse Johannam
Ac toti patriæ credunt peperisse salutem.

   Res mira est, dictu! Cum virgo hæc esset inermis,
Nympharum magna sese comitante caterva,

à sa volonté divine, lui déclarant qu'il n'avait aucun droit sur ce royaume, et que c'était pour cela que le ciel l'avait envoyée, et pour le chasser du pays de France.

Cela fait, la vierge revint trouver le roi qui la reçut d'un visage joyeux. S'avançant au devant d'elle, il la pressa de s'asseoir à ses côtés, et l'y garda longtemps, l'honorant en toute rencontre, comme il eût fait la sainte Vierge elle-même.

Cependant l'héroïne ne cessait de conjurer le roi de l'envoyer avec toutes ses forces pour vaincre ce qui restait d'ennemis. Ayant enfin obtenu qu'il lui donnât tous ses soldats, elle reprend quelques-unes des villes perdues, elle en attaque d'autres. L'ennemi, pour les secourir, accourt avec tous ses gens de guerre ; mais l'intrépide amazone les met en déroute. Elle tue, elle met en fuite des chefs, de puissants personnages; elle en prend un grand nombre. La fortune enfin lui prodigue de telles faveurs, que je ne saurais les renfermer dans mes vers. Toujours conduite par l'inspiration divine, elle sauve en quelques jours des contrées innombrables ; son épée enfin écarte des Français de si grands dangers, et leur prête un si grand secours, qu'ils ne se croient redevables qu'à Jeanne, et se persuadent que Jeanne seule a sauvé la patrie tout entière.

Chose admirable à dire ! Lorsqu'elle n'était qu'une vierge désarmée au milieu d'une nombreuse compagnie de ses pareilles, elle faisait voir une si grande réserve, une modestie si grande, qu'on l'eût prise pour l'illustre Lucrèce elle-même. Mais lorsque, revêtant de puissantes armes sa noble poitrine, elle laissait son

Tantus erat pudor huic et tanta modestia ut ipsa
Esse videretur miræ Lucretia famæ ;
Cum vero, sanctum circumdata fortibus armis
Pectus, equo forti fortes veheretur in hostes,
Instrueretque acies totius fœmina belli,
Esse videbatur Troum fortissimus Hector,
Non secus atque ipsæ reginæ ætate priorum,
Gentis Amazonidum, vel Penthesilea, vel ipsa
Oritesia suo famæ prælustris in ævo ;
Ut te Volscorum taceam, regina Camilla ;
Ut quoque te taceam, Thamiris, regina Scytharum.
Transeo quod parvo somno, potuque, ciboque
Vescens, tam multos tolerabat virgo labores,
Ferret ut assiduis sex noctibus atque diebus
Arma, nec interea requiem sibi sumeret ullam,
Oblectamen habens in equis, armisque decoris,
Colloquioque virum gaudens, muliebria vero
Verbula vana libens fugiens, vultuque sereno,
Et læto fungens quantum tolerabat honestas.

    Moribus his præstans atque hac virtute puella,
Gallorum populos ita tutabatur ab hoste.

    At Deus omnipotens cum sat virtute Johannæ,
Galliam ab hostili servatam marte videret,
Est passus tanto privari Gallica bella
Auxilio, solumque humanis viribus uti.
Quid mirabilius dixit, quid clarius hac re,
Qui cecinit celebri divinam Eneida versu ?
Quid qui fraternas acies alternaque regna

coursier l'emporter au travers des ennemis et que, femme sans peur, elle commandait la bataille, on eût cru voir Hector, le plus vaillant des Troyens, ou l'une de ces reines des antiques amazones, Penthésilée ou Oritésie, si fameuse en son temps; pour ne rien dire de toi, ô Camille, reine des Volsques, pour ne rien dire de toi, ô Thamiris, reine des Scythes. Je passe également sous silence comment, se contentant d'un court sommeil et d'une sobre nourriture, elle supportait des fatigues sans nombre, restait six jours et six nuits sans déposer, un instant, son armure, et même sans se donner aucun repos, faisant sa joie et son délassement des chevaux et des belles armes, prenant plaisir à s'entretenir avec les hommes valeureux, volontiers, au contraire, se dérobant au vain parlage des femmes, et d'un visage serein et gai, se prêtant à tout ce que ne défendait pas l'honnêteté. (*Note* V.)

Et c'est ainsi que, supérieure à tous par sa vertu et la pureté de ses mœurs, cette jeune fille protégeait contre l'étranger les populations de la France.

Mais lorsque le Dieu tout-puissant eut jugé que, par son courage, Jeanne avait assez défendu la France des glaives ennemis, il permit que les armées françaises fussent privées d'un tel appui, et en appelassent désormais aux seules forces humaines.

Qu'ont raconté de plus merveilleux, de plus éclatant que cette histoire, et celui qui, d'un vers fameux, chanta la divine Énéide? et celui dont les doctes vers ont célébré les guerres fratricides, le règne alternatif d'Étéocle et de Polinice et la puissante Thèbes? et celui qui, chaussant le cothurne tragique, évoqua la

Et docto fortes evolvit carmine Thebas ?
Quid qui magnorum generi socerique virorum,
Horrida grandisonis memorabat bella cothurnis ?
Quid reliqui veteres fama præstante poetæ,
Fortia qui regum scripserunt gesta ducumque ?
  Non mihi Virgilii Deus et natura dederunt
Ingenium, nec quo præstabat Statius, aut quo
Lucanus, nec quo reliqui valuere poetæ.
Si tamen eveniunt felicia tempora terris,
Si tam multa meis præstet Deus otia musis ;
Si forte acceptum tibi jucundumque futurum est
Ut cum laude tua Gallorum prælia dicam,
Magnus amor quo sum tibi, præstantissime Princeps,
Affectus, faciet me tali carmine laudes
Illustrare tuas, ut cuncta in secula durent,
Eternoque tuum memoretur tempore nomen...

       Ex urbe Astensi, anno Christi м cccc xxxv.

lutte terrible du beau-père et du gendre, ces hommes illustres? et tous ces autres poètes si vantés de l'antiquité, qui ont écrit les grandes actions des rois et des héros?

Ni Dieu, ni la nature ne m'ont donné le génie de Virgile, ou celui dont brillèrent Stace et Lucain, et qui rendit fameux les autres poètes des anciens temps; mais si des jours fortunés reviennent sur la terre ; si Dieu donne à ma muse les loisirs qu'elle implore; si tu daignes permettre que je dise, un jour, ta gloire et les combats des Français, le grand amour que je me sens pour toi, ô le plus illustre des princes, fera que je célébrerai tes louanges en des vers qui vivront dans tous les siècles, et que ton nom sera répété dans toute la suite des temps...

(Dans la ville d'Asti, l'an du Christ ʍ ᴄᴄᴄᴄ xxxv.)

LETTRE DE PARCEVAL DE BOULAINVILLIERS

AU DUC DE MILAN, PHILIPPE—MARIE VISCONTI.

Illustrissimo et magnifico principi domino Philippo Angelo Mariæ, duci Mediolanensi, domino meo honorando.

Illustrissime et magnifice princeps et domine mei honorandissime, mortalium cura et præcipue studiosi excellentesque animi nova et alias inusitata scire desiderant, inveterataque quasi diu degustata fastidiunt. Hinc est, magnifice princeps, quod, attentis vestræ serenitatis laudibus, præconiis et vestrorum desideriorum mirandorum investigatione et conatibus, præsumpsi vobis significare qualia et quanta regi nostro Franciæ regnoque suo noviter contigerunt.

Jam, ut reor, auribus vestris insonuit fama cujusdam puellæ, nobis, ut pie creditur, divinitus missæ, cujus ut vitam, actus, statum, moresque paucis attingam, ipsius ortus narrabo principia.

Nata est in uno parvo villagio nominato Donpremii in ballivia Bassignata (Bassignacensi?), infra et in finibus regni Franciæ, super fluvium *de Meuse*. Quæ juxta Rottringiam, justis et simplicibus parentibus noscitur progenita, in nocte Epiphaniarum Domini, qua gentes jucundius solent actus Christi reminisci, hanc intrat mortalium lucem, et (mirum) omnes plebeii loci illius inæstimabili commoventur gaudio, et, ignari nativitatis puellæ, hinc inde discurrunt, investigantes quid novi contigisset. Nonnullorum corda novum consenserant gaudium. Quid plura? Galli, velut novæ lætitiæ præcones, præter solitum in inauditos cantus prorumpunt, et alis corpora tangentes, fere per duas horas novæ rei prænosticare videntur eventum.

Alitur infans, quæ ut crevisset, et annos attigisset septenos, agricolarum gentium more, agnorum custodiæ a parentibus deputatur, in qua nec ovicula noscitur deperiisse, nec quicquam a fera extitit devoratum; et quando affuit in paterna domo, omnes familiares tanta securitate protexit ut, nec hostis, fraus barbarorum vel malitia in minimo contingerent. Tandem peractis ætatis suæ duodecim annis, prima sibi revelatio facta est in hunc modum.

Ipsa cum puellis custodiente oves parentum suorum, quædam vagabantur in prato. A circumstantibus accessitur; utrum pro florum pugillo aut pro aliquo tali, cursitare vellet, interrogant. Annuit illa et, sponsione facta, tanta velocitate secundo et tertio incursu movebatur quod minime eam terram calcare credebant, adeo ut una puellarum exclamaret: « Johanna (sic est nomen ejus), video te volantem juxta terram. » Quæ cum cursum peregisset et in fine prati quasi rapta est et a sensibus alienata, spiritus resumendo, corpus pausaret fatigatum, juxta eam affuit quidam juvenis qui eam sic est allocutus: « Johanna, domum pete; nam mater dixit se opera tua indigere. » Et credens quod frater esset aut aliquis convicinorum puerorum, festinans domum venit. Mater obviat, quæ causam adventus aut derelictarum ovium quærit et increpat. Et respondens innocens puella ait : « Numquid pro me mandasti ? » Cui mater : « Non. »

Tunc credens se esse de puero delusam, volens ad sodales reverti, subito ante ipsius oculos nubes prælucida objicitur, et de nube facta est vox ad eam dicens : « Johanna, oportet te aliam vitam agere et mirandos actus exercere ; nam tu illa es quam elegit rex cœli ad regni Francorum reparationem et Karoli regis, expulsi a dominio suo, auxilium et protectionem. Tu virili indueris veste ; arma sumens, caput eris guerræ ; omnia tuo consilio regentur. » Hac autem facta voce, disparuit nubes et puella tanti prodigii stupefacta, dictis nec pro primo fidem adhibens, sed manens perplexa, utrum credere deberet an non, innocens ignorat. Diebus noctibusque consimiles apparitiones dictæ puellæ fiunt et vicibus repetitis renovantur. Tacet illa ; nulli, nisi soli curato presbytero, animum detexit et in hac perplexitate fere quinque annorum perseverat spatio.

Tandem comite Salseberiensi ex Anglia in Franciam appellente, præmissæ apparitiones et revelationes dictæ puellæ ultra solitum reinnovantur et multiplicantur. Concutitur juvenculæ animus, mens anxietate æstuat, et quodam die, dum contemplaretur in agro, insolita apparitio grandior et clarior quam unquam vidisset ei visa fuit, et facta est ad eam vox dicens : « Usquequo tardas ? Quare non festinas ? Aut cur non pergis cito gradu quo Rex cœli te destinavit ? Nam in absentia tua destruitur Francia, devastantur oppida, justi obeunt, proceres occiduntur, inclytus sanguis funditur. » Et illa aliquantisper animata, curato suo monita, respondit : « Quid faciam aut quomodo faciam? Ibo? Non novi viam, gentem nescio, regem non cognosco ; mihi non credent; cunctis ero in derisum et merito. Quid stultius quam magnatibus dicere quod puella Franciam reparet, regat exercitus, de hoste triumphum reportet? Quid ludibrius quam quod puella virili induatur veste? » Quumque hæc et plura alia disseruisset, responsum sic accepit : « Rex cœli ordinat et vult ; ne amplius quæres quomodo hæc fient; quoniam sicut voluntas Dei est in cœlo, sic erit et in terra. Perge hinc prope jacentem villam, nominatam *Vaucolors,* quæ sola in Campaniæ partibus regi fidem servat, et villæ illius custos nullo impedimento te ducet quo petes. »

Sic egit, et multis præostensis mirandis, jussit eam nobilibus associatam per vias conduci ad regem. Qui venientes, per medios hostes transierunt, nulli repulsa interjecta. Et quum usque pervenissent ad castrum de Caynone *(Chinon?),* in Turonensibus partibus quo se rex muniebat, consilio regio deliberatum erat quod faciem regis non videret neque ei presentaretur usque in diem tertiam. Sed hominum corda subito mutantur. Accessitur puella. Mox et de equo descendit, et per archiepiscopos, episcopos, abbates et utriusque facultatis doctores diligentissime examinatur in fide et moribus. Demum rex eam ad suum parlamentum ducit, ut strictius et vigilantius adhuc quæstionaretur. Et in his omnibus reperta est fidelis catholica, bene sentiens in fide, sacramentis et institutis Ecclesiæ. Amplius per mulieres doctas, peritas virgines, viduas et conjugatas curiosissime percunctatur, quæ nihil aliud quam (quod) muliebrem honestatem atque naturam decet, sentiunt.

Præterea adhuc spatio sex septimanarum custoditur, intuitur, consideratur, si saltem aut aliqua levitas vel mutatio ab incæpto concipiatur. Sed immobilis Deo serviendo, missam audiendo, Eucharistiam percipiendo, prima proposita continuat; regem omni die lacrimosis suspiriis efflagitat ut licentiam invadendi hostes det aut domum paternam repetendi. Et difficulter licentia obtenta, cum victualibus conducendis Aurelianum intrat. Cito post castra obsidentium invadit, quæ licet inexpugnabilia judicarentur, tamen in trium dierum spatio ipsa devicit. Hostes non pauci occiduntur, plures capiuntur, reliqua pars fugatur. Nunc civitas ab obsidione liberatur. Quibus actis, ad regem revertitur. Rex ei obviam properat, jucunde suscipit, et aliquanto temporis intervallo cum rege manet, festinat, sollicitat, ut expeditiones evocet, congreget acies ad reliquam partem adversariorum devincendam. Et redintegrato exercitu, villam quæ vocatur Jaguellum (*Jargeau*) obsidet; in crastinum conflictum dat; vi capitur, sexcentis bellatoribus nobilibus ibi victis, inter quos comes Suffordiœ, Anglicus, et frater germanus capiuntur, reliquus vero frater occiditur.

Post tamen trium dierum interjecto spatio, Magdunum super Ligerim et Baugenceium, oppida fortia et munita, invadit, expugnat et devincit. Nec moram ponit, et die illa sabbati quæ xx erat junii, exercitui

Anglicorum ad succursum properanti occurrit. Invaduntur hostes; victoria nostri potiuntur, interfectis mille quingentis viris bellatoribus, mille captivatis, inter quos quidam capitanei capti sunt, scilicet domini de Taleboth, et de Fastechat, et filius domini de Hendesfort, et quamplures alii. De nostris autem non reperti tres occisi. Quæ omnia miraculo divinitus facto attribuimus. Hæc et multa alia puella operata est et, Deo largiente, majora horum faciet.

Hæc Puella competentis est elegantiæ, virilem sibi vindicat gestum, paucum loquitur, miram prudentiam demonstrat in dictis et dicendis. Vocem mulieris ad instar habet gracilem, parce comedit, parcius vinum sumit; in equo et armorum pulchritudine complacet, armatos viros et nobiles multum deligit, frequentiam et collocutionem multorum fastidit, abundantia lacrimarum manat, hilarem gerit vultum, inaudibilis laboris et in armorum portatione et sustentatione adeo fortis, ut per sex dies die noctuque indesinenter et complete maneat armata. Dicit Anglicos nullum habere jus in Francia et dicit se missam a Deo ut illos inde expellat et devincat, monitione tamen ipsius facta. Regem summe veneratur. Ipsum dicit esse dilectum a Deo et specialiter præservatum et præservandum. Dominum ducem Aurelianensem, nepotem vestrum (1), dixit miraculose liberandum, monitione tamen prius super sua libertate Anglicis detinentibus facta. Et ut, illustrissime Princeps, finem faciam verbis, mirabiliora sunt et fiunt quam vobis possem scribere aut lingua fari.

Ultra scribendo, præsenter evenit quod præfata

Puella jam perrexit ad partes civitatis Remis in Campania, ubi rex festinanter tendit ad consecrationem et coronationem suam, Deo juvante (1).

Me vobis humiliter recommando. Scriptum die XXI junii, anno Domini 1429.

Vester humillimus servitor, Paranalio (2) dominus de Bolenvillari, consiliarius et camerarius regis Francorum et domini ducis Bituricensis senescalcus.

---

(1) Il faut supposer que ce paragraphe est un *postscriptum* ajouté plusieurs jours après la lettre écrite ; le départ pour Reims n'eut lieu, en effet, que le 29. (Note de M. Quicherat.)

(2) Lisez Parcevallis, correction indiquée par les généalogies de la maison de Boulainvilliers. (Note de M. Quicherat.)

NOTES.

—

NOTE I, *page 21.*

On ne s'étonnerait pas de trouver ces détails merveilleux et ceux qui suivent dans les vers d'Astesan.
Mais comme ils se rencontrent textuellement dans la
lettre de Parceval de Boulainvilliers, écrite dans le
voisinage même de Charles VII, il faut bien en con-
clure qu'ils avaient cours en France.

NOTE II, *page 23.*

Les témoignages historiques sont loin de prêter cette
humeur farouche à la bonne Isabelle Romée. Elle pa-
raîtrait plus vraisemblable chez Jacques d'Arc à qui
est attribuée, dans l'histoire, plus d'une rude parole.

NOTE III, *page 27.*

Tout ce passage est manifestement contraire à la
vérité des faits : on sait ce que répondit le sire de
Baudricourt au premier qui lui parla des visions de
Jeanne, comment il l'accueillit elle-même et avec
quelle froideur il consentit à l'envoyer à Charles VII.

Note IV, *page 29.*

C'est singulièrement rapetisser la mission de Jeanne d'Arc. Mais quelque exagération dans ce sens doit être permise à un secrétaire de Charles d'Orléans. On sait d'ailleurs que Jeanne d'Arc avait parlé d'un prochain retour du prisonnier. Envoyée d'abord pour faire lever le siége d'Orléans, il était tout simple que, devant Orléans assiégé, elle se souvînt du duc d'Orléans, et associât les deux idées.

Note V, *page 33.*

On regrette que, dans ce portrait de Jeanne, le poète ait négligé ce que dit Parceval de la douceur féminine de sa voix et de cette facilité aux larmes, si charmante dans une si forte et intrépide nature. Mais il y plus : l'histoire ne parle nulle part de ce dédain de Jeanne pour son sexe. Astesan aura lu *mulierum* au lieu de *mullorum* dans la lettre de Boulainvilliers.

TABLE

—

Orléans, imp. de G. JACOB, cloître Saint-Étienne, 4.

www.ingramcontent.com/pod-product-compliance
Lightning Source LLC
Chambersburg PA
CBHW061711180626
46818CB00003B/1350